소리가 멈춰서다

소리가 멈춰서다

우은숙 시집

작가

오늘이 있어 빛나는 생명들
멈춰야 보이는 소리들

허술한 거울 속에 오후를 담는다
쓸고 다시 닦는다

좀 더 긴 침묵으로
불완전한 사랑 키우리라
이 손 놓지 않으리라

이천 십삼년 가을
칠보산방에서
우은숙

차례

제2부 몸이 걸어 나오다

제3부 아무도 모른다

제4부 소리가 멈춰서다

해설

제1부
꽃잎이 계단을 헛딛다

붉은 시간

삶이 꽤
악착같이 들러붙을 때가 있다

절박한
시간만이 내게로 올 때가 있다

퇴근길
쪼그라든 해가 등 뒤에 걸린 그때

사월은 아직도 혁명을 말한다

보고만 있어도 푸른 멍의 함성 소리

바람 따라 뭉쳤다 흩어지는 씨앗 심지

비탈진 가슴골 열고 일어서는 핏덩이

초사흘 달

어둔 곳을 한사코 뒤집어 보겠다고
아프고 난 자리에 남은 흔적 가렵다고

불현듯 하루를 피워
꽃 만들지 않겠다고

공중에 행적들이 판화로 남았다고
외면하고 돌아서도 지울 수 없다고

삼월의 솔기에 돋는
귀 닳은 초사흘 달

가만있자

요놈 봐라
겁도 없네
자동차에 느닷없이,
정말로 느닷없이 날아든 잠자리
나 먼저
놀라고 보니
잠자리도 날개 떤다

손가락 집게 만들어
갖다 댄다
요것 봐라
달아날 생각 않는다
허허, 요놈 봐라
겁 없이
제 집인 것처럼 요리조리 까불댄다

가만있자
이놈이 날 만만히 보는 거야

욕지거리 해대는 내 자신을 쳐다보고
빈 하늘 차창 너머로
허허허 ㅎㅎㅎ

가만있자
속절없는 이 마음은 또 뭔가
생각은 길을 잃고 또 어디에 머무는가
지나는
바람만 잡네
잠자리 날개 같네

현현顯現

낮설다
타인처럼
그러나 더 뚜렷하다

모순의
문 앞에서
자신을 도려내고

거부를
삼켜버리고 만
비정규직 계약서

계단을 헛딛다

발목이 휘청한다 세상도 휘청한다

헛디딘 틈새 뚫고 세상의 헛것 핀다

그 순간 민들레 꽃잎

제 몸을 낮춘다

바람이 민들레로 지나갔다 생각했다

헛것들 빈말이라며 흘림체로 들었다

아뿔싸 발가락 골절!

내 몸 깊이 더 낮춘다

사각지대

없는 달빛 그마저도
가리고 가린 뒤
사내가 강 건넌다
물살을 가른다
열세 살 어린 아들도
물무늬로 뒤따른다

고요조차 입 다문
압록강 냉기 속에
그늘 아닌 그늘까지
덮어야 얻는 자유
목숨 건 사슬을 풀며
오늘을 새긴다

경계와 경계 가른
절박한 강가에
기억의 무덤 같은
북녘을 밀어내고

흐릿한 최소한의 아침
꾸물꾸물 다가온다

규칙은 무슨

굽은 등 둥글게 말아
푸성귀 몇 점 펴고
한쪽에 자리하자마자
득달같이 달려오는
아파트 경비 아저씨
가세요, 빨리 치워요

아저씨, 그냥 두시죠
안됩니다 규칙이에요
그래도 잠깐 할머닐……
안된다니까 왜 그러세요

니기미
규칙은 무슨

엿 먹어라 규칙들!

나무도 기침을 한다

계절과 계절사이 비어가는 마디 위해

육신이란 양 한 마리 하늘에 바칠 때쯤

나무도 기침을 한다

먼 들녘도 알아듣게

검은색 리본으로 남은 인사

한 끼의 공양 위해 자신의 생을 접어

고요까지 내어 준 이름 없는 몽골의 양

그 눈빛 들여다보는 내 눈빛 흔들린다

세상의 별들이 모두 모여 맑은 곳

그 한쪽에 아름다운 문구로 조문을 써

검은색 리본 하나를 조등처럼 매단다

꽃샘추위

생각의 고리들이 계절의 가장자리를

마른 얼굴로 헤매다 돌아온 그 자리,

등 보인 젖은 사내처럼

냉담하게 서 있는

너

감자 먹는 사람들

1
애써 참던 눈물이 터질 듯한 순간이었다

투박한 손등에 순수로 일구어 낸
고흐의 감자 먹는 사람들 숨겨둔 위로였다

2
부도로 몇 년 만에 돌아온 병구 삼촌
식구들 둘러앉아 함께 먹는 저녁상

풀죽은 어둠 속 하루 환하게 물든다

할미의 꽃술

거칠어진 숨소리만 꽃술에서 들린다

주름진
꽃살 속에
허물어진 발자국

질박한
사랑의 촛대
비밀처럼 세운다

문상

고인의 생애를 눈곱만큼도 알지 못한다

아니, 눈곱만큼도 알고 싶지 않은 박씨다

하지만 고인의 아들 밥줄 걸린 상사다

구김 많은 회사 생활 지겹다 생각할수록

승진 못한 울분으로 술 한잔 기울이다가도

그 상사, 문상한 일을 잘 기억하기 바랄 뿐

섬 속의 섬

피바람 그대로 덮을 수는 없는 거다

가혹한 바람이 새겨진 흔적마다

아직도 삭지 않은 기억 들려주는 청령포

이제, 울음 삼킨 물 위를 내가 걷는다

절룩이다 뒤돌아보다 헛딛는 걸음 사이

멈춰진 한 세계 뚫고 증언하는 섬 속의 섬

합격통지서를 아직 받지 못했다

불온한 시대에 솔기 터진 이야기들

—밥값도 못하잖아
—돼지처럼 밥만 축내냐

눈칫밥
그 속에 담긴
눈물 꿰맨 통지서

제2부
몸이 걸어 나오다

내 귀는 늘

몸 버리고 온통 귀로 살아 온 마이산
탑사의 빼곡한 밀어들을 찾아내
언 하늘 징 치자마자 파랗게 터진다

하고픈 말 하도 많아 묵언으로 버티다
천둥칠 때 하늘로 솟아오른 백비처럼
온 세상 소리 담아낸 마이산은 귀가 크다

내 귀는 작고 작아 마음도 늘 빈집이다
애써 귀 늘려도 또 다시 작아진다
뒤틀린 노래만 잠시 산허리를 감쌀 뿐

소금밭

내 안의 나를 지나
그대를 찾는 길

땀띠 같은 햇살 건너
도착한 저녁때쯤

눈짓에
잃어버린 사랑
눈짓으로 다시 피는

지상의 이력서

실업의 끓는 기름 그 속에서 너를 본다
요행의 주문 외던 기도도 거두었다

온기는 막다른 골목에 등피처럼 누워 있다

우울한 하루가 통증으로 주춤댄다
확신 없는 내일이 비틀대며 오고 있다

지상의 모든 꽃잎이 이력서를 내민 저녁

멀뚱거리는 검은 눈

탈색된 꽃가루가
바람 불러 틈을 낸다
고여 있던 한 줄기 빛
울컥, 토해낼 때
숨었던
꽃송이 하나
어깻죽지 아프다

보일 듯 말 듯
마음에도 틈이 보인다
안으로 넣을 수도
밖으로 뺄 수도 없는
벌어진
가슴 속에서
멀뚱거리는 검은 눈

내가 사라진 자리

사랑했던 날들의 기억만을 간직한 채
홀씨도 되지 못한 질긴 뿌리 민들레 되어

나

여기

서 있습니다

그때 그 모습처럼

일식과 건망증

열쇠를 손에 들고 열쇠 찾아 헤매던 날
너무 많은 입들이 아우성치는 동안
뭉개진 기억의 지도 검게 말려 올라간다

붉은 해 갉아먹고 입술 닦는 저 손등
우표 단 생각들이 외면당한 순간마다

나만의
일식으로
불쑥!
찾아오는 건망증

정선아리랑

손도 발도 다 녹고 목소리만 남았나 봐

목젖만 남겨놓고 몸 던지는 꽃잎처럼
혼자서 흘러왔다가 터져 버린 폭포처럼

울 수조차 없는 한을 안으로 삭히며
강 밑바닥 물청때 밀봉 풀고 건진 소리

잘 익은 막걸리 속엔 후렴구만 짙게 핀다

억새의 춤

갇혔던 꿈들도 죄다 풀린 민둥산

정지된 슬픔들은 하얗게 표백되고

온몸의 살빛만으로도

춤이 되는 그곳

맨발의 춤사위가 오후를 건널 때까지

안으로 타오르던 난 배경이 되었다

몸 낮춰 기우뚱대던

허공의 빈 액자처럼

몸이 걸어 나온다

누군가 불러주는 이름을 손에 들고
부스스 비듬 털며 몸이 불쑥 나온다

길 위에
닳아진 맨발
하얗게 걷는다

주문처럼 받아 적는 두려운 마음 뒤에
허허로운 일상 메고 호명 속을 걷는 몸

뒷걸음
외줄에 걸린
마른 살갗 움켜쥔다

후박나무와 개미

바람에 떨어진 후박나무 잎 사이로

화려한 계절 안고 도망가는 개미 한 마리

끝없는 지구의 힘 모아

가을을 쏟아낸다

내 안의 강도 저물고

강기슭 돌아가는

풀벌레 울음처럼

빈 강에 토해내는

산 그림자 언약처럼

서둘러 물감 풀어 마련한

몸 누울 방 한 칸

떠가는 섬

보길도 이른 아침 게 한 마리 기어간다

모래밭을 가로질러 바다에 이르자

게들의 어지런 발자국 한 줄의 시가 되고

그 시를 받아 적던 섬이 휘청 흔들리더니

마침내 움직인다 바다도 들썩인다

한 걸음 한 걸음마다 밀었다가 당긴다

황태

스무 번쯤 사시 되어 얼다 녹는 푸른 혼절

주름진 얼굴에 성에꽃 피기까지

그 덕장

차마 보지 못하고

곁눈질로

보고 마는

찔레와 나

찔레 덤불 사이사이 바람이 지나가자
무리지어 흰 꽃을 터트린 찔레꽃이
반 접힌
오후의 액자에 그림처럼 걸린다

알긋멀긋 순간마다 터지는 꽃망울은
한낮의 거친 볼에 그늘을 키우고
그늘은
가난한 땅에서 더더욱 깊어진다

꽃그늘 사이로 피어난 발자국 하나
뚜렷한 판화로 남아 뿌리를 내린 그때
올올이
지친 내 몸을 오래도록 쓰다듬는다

편지를 하루도 쓰지 않은 날이 없다

뜨겁게 활개친 적 여러 날 있었지

명치 아픈 사랑으로 불잉걸 피워 놓고

동굴 속 메마른 허기

분분하게 서성댔지

일어났다 사그라진 빈 꿈은 다시 살아

등 시린 골목마다 한숨이 자욱해도

부풀던 하루치의 밥

안부 편지 네게 쓴다

목 쉰 사랑

명창의 목이 갔다

가슴도 도려냈다

푸성귀 같은 전언을

부풀린 채로 듣는

팔십 년

부르고도 남은

어머니의 판소리

제3부
아무도 모른다

가면

오늘도 울고 싶은 마음을 감추고
얼굴은 환하게 웃고 있는 사람들

으흐흐
아흐흐허흐

가면이 수십 개다

혓속에 감춰둔 어둠을 잘라먹고
위선의 징을 울려 한 생의 무대에 선

어설픈
주연 배우들

일상이 배경이 된

아무도 모른다

흰밥길 따라가다 눈물 출렁인다지만

속앓이 거푸 해도 무너지는 모래라지만

사랑을 온몸으로 쓴 아버지의 무덤이지만

쉼표 없는 안부

느리게
익어가는
먼 하늘 행간마다

등 맞대던
그림자들
가을 고요 흔들고

산수유
붉은 열매 속
쉼표 없는
긴 안부

느티나무 둥치는 기억한다

잘려나간 몸에서

더욱 짙은 살냄새

비릿한 몸통 사이로

둥근 마음 퍼 올려

허기진

심장만 살아

봄빛 따라

벌떡벌떡

시뮬라크르

기억의 집합체가
생이라고 한다면

기억에서 사라진 나
있거나 혹 없거나

나 또한
가짜다
가짜

허울만
펄럭인다

세상을 읽는다

주왕산 빈 동굴 앞

어린 연둣빛 자벌레

조심조심 몸 접었다

펼치는 저 내력!

멈춰서

세상을 읽는다

경전은 사라졌다

빛

오동나무 이마에
뚝!

고양이 수염에
콕!

화살처럼 꽂힌다
순간, 비틀거린다

고요로
누군가를
확,
깨우는

미친 노래

되감는 시간

1
앞집 할머닌 조금만 젊었으면 좋겠단다

십년만 젊었다면 무언들 못하겠냐고

홀연히 염색하더니 댄스 교습소 등록하셨다

2
내 앞에 놓여진 엉키고 지친 일들

시간에 빗금 그어 저만치 팽개친 뒤

살며시 무릎을 꺾어 나비로 훨훨 난다

겨울 안개

안개는, 경춘선과 동행을 서두른다

강물에 발 담그며 기차가 달려갈 때,

재빨리

숨은 시간 펼쳐

세상 밖을 걷는다

신발이 남아

그녀는 안개 안고 푸르게 일어서는
상수리나무 소리를 간간이 듣는다

일순간
섬이 된 그녀
젖은 신발 벗어 든다

안개가 걷히기 전 그녀는 돌아온다
이혼의 상처 자국 물 바닥에 내려놓고

붕어섬*
부신 얼굴로
신발을 말리면서

* 붕어섬-춘천 송암동 의암댐 안에 있는 섬

그 새벽의 물음

깊은 물음 손에 쥐고 시간 털던 그 새벽

봉인된 아침 풀고 달려온 조간朝刊페이

몸에 밴 습관처럼 와 언 발등에 머문다

신문 속 기사보다 사연 많은 그 남자

해답이 정해진 건 세상살이 아니라며

오늘도 오토바이 페달 힘차게 밟는다

개미의 궁둥이를 보다

쏜살같이 달려가는 개미의 궁둥이

세상의 중심에 선

당당한 깃발이다

지구를 들썩이게 하는

화려한 춤사위다

은린銀鱗

허공 그물 속에서 맘껏 날아도 좋으리라
낭창한 날갯짓에 맘껏 자유로웠으리라

맑은 길
은사시나무

바람 따라
활
화
ㅎ

숨은 벽을 만지다

언어가 먼지 되어
뿌옇게 쌓여가는

벽과 벽
틈
사이의
말캉한
살의 고랑

파동은 잠시 숨죽이다

벽 너머를 바라본다

대관령을 다시 넘으며

음지 쪽 덩그러니 그냥 앉아 있진 마
아래를 향한다고 등 돌릴 생각도 마

또 다시 완곡한 너를 몸 낮춰 보고 싶다

직선의 날을 피해 안으로 물든 마음
굽은 길 휘적휘적 몸까지 따라 휠 쯤

속엣말 매듭 풀면서 퍼 올린 심장 소리

서늘한 사랑도 숨 막힌 애간장도
고갯길 낭창방창 넘어가면 그뿐

대관령 에움길 돌다 먼저 온 서릿빛살

봄날을 재생하다

질긴 몸살 꿰매고
다시 덧댄 그 자리

발가락 옹동그리며
씨앗들 둘러앉아

녹슬은
시간의 무게

해맑게 닦는
오후

제4부
소리가 멈춰서다

반사경

지독한 집착이다
모조리 끌어 모아
구석진 자리까지
원 안에 가둔다

내면을 들킨 것 같아 큰 눈을 뒤집는다

초저녁 달빛처럼
품었다 다시 놓는
그러다 또 다시
사정없이 끌어안는

사랑의 과장된 몸짓 어릿광대 입술이다

도마

너를 잊기 위해 여러 번 내리쳤다

흩어진 눈물 매단 세세한 말과 씨

삭제된 시간을 모아

쓰다듬는 오랜 몸짓

늪

아수라장 여기다, 불쑥불쑥 머리 내민 자식들 키워내기
힘겨운 하루다

알 품듯 흩어진 숨결
모아 놓는 어머니

제 몸 풀어 다시 감는 물렁한 저 어깨, 몸으로 전해지는
소식에 잰발 옮긴다

팽팽한 가슴을 넓혀
부풀리는 생의 한 점

소리가 멈춰서다

골목길 접어들다
휙, 뒤를 돌아본다

그림자가 지나간다
머리가 쭈뼛 선다

소름이 확 밀려온다
재빠른 움직임이다

핸드백 움켜쥔
내 손을 스쳐가던
그림자 나를 삼킨다

소리가 멈춰 선다

나보다 더 놀란 고양이
두려움을 핥는다

고흐의 아이리스

날아간

보랏빛

하늘 안쪽 곰삭아

오래된 말뚝으로

주름진 시간들

점으로 흩뿌려졌다

일어선다

또 다시

폐광 그 후

구멍 뚫린 햇살이 콧등과 발등을
칭칭 감는
참, 고요한
사북의 겨울 한낮

햇쑥한 세 뼘 하늘가 헌 길 밟아 새 길 낸다

스트레스 한 몸 받은 내과의사 김선생
시간이
멈춰 버린
눈 덮인 길에 서서

역사가 뒤바뀔 거라며
카지노 문을 민다

실비

비
반
빛
반
빙어 떼
하늘에서 물밑으로
조각 비늘 푸덕이며
화천호에 내린다

그 뒤로
윤기 없는
저녁
느릿느릿
사
위
고
:

백악기에 놀러가다

시화호에 감춰둔 동굴 속 안거의 나라

꿈 접었던 화석들이 세상과 만나기 위해

굳어진 실핏줄 뻗어 물소리를 만진다

오래된 그늘

1
상처 난 안개가 도시를 점령한다

지병처럼 천식 앓은 물풀들 사이로

소박한
물의 도시가
잔기침을 하고 있다

2
내 발목에 통통배를 힘껏 매어 두었다면

때로는 편지 띄워 보낼 수 있었겠지만,

다시금
오래된 그늘
강기슭에 매어 둔다

시동 걸기

투박한 채찍 아래

여러 번 목메었지

일력日曆이 내장된

책갈피 펼쳐 들고

부르르 급하게 몸 떠는

오늘의 엔진 소리

바람의 지문을 찍다

고비의 회색 물결 그 속에 사내가 산다
몽골의 대지 위로 속절없이 달려가는
순백색 바람의 노래
흔들리는 오후다

긴 역사를 달려온 수많은 언어들이
게르 주인 손바닥에 한 글자 한 글자
바람을 필사로 새긴다
서간문이 완성된다

남자는 더욱 더 확실한 지문으로
닳지 않는 무늬를 기필코 만들 거라며
가슴에 시간을 채워
내일을 키운다

나팔꽃

어머니
문 앞에 앉아 여린 꽃잎 세고 있다

낡은
하모니카 불듯
등 돌리고 앉아서

꽃술의
환한 목젖을
하늘 한켠에 매단다

미나리아재비

1

기억의 마당에 일렁이는 집 한 채

눈물로 흔들리는 이야기 피우다가

입 맞춘 저들의 서책 노랗게 익어간다

2

목공소 대팻밥이 밥이었던 용필 아재

이제는 주문 없어 두 손 놓고 있다는데

그 누가 아재에게 와 노란 꽃물 전해 줄까

철새 날다

휘갈기듯 써내려 간

수취인 불명 엽서

오자, 탈자 하나 없이

다져진 점호 행렬

그 위에

눈물자국 핀

아득한 눈꽃 순례

장대비

상남자가
일어선다
피의 펌프
솟구친다

벌거벗은
몸을 세워
수직으로
꽂는 오후

아직도
굶주린 짐승
또 다른
뿔 세운다

소리사에 들다

달팽이가 관 속에서 걸어 나오는 저 소리

저녁의 미간 열고 서녘 하늘 촉 돋는 소리

그대가 내 안에 처음 출렁이던 떨림소리

지구의 자전 위에 피어나는 사과나무

이병금

(시인 · 문학박사)

■ 해설

지구의 자전 위에 피어나는 사과나무

이병금

(시인 · 문학박사)

　　현대시조의 특징을 말해 보라면 정형성이 그 물음의 열쇠가 아닐까. 내용이 형식을 규정한다는 논리를 시조에 적용하기 전에 시조창작의 보편적인 원리는 정해진 그릇(형식) 속에 내용물을 담아내는 일이다. 정형성은 향가에 뿌리를 둔 시조의 발생 이후 700여 년을 전해 내려온 발우와도 같다. 어떻게 이런 일이 가능했는가. 시조는 21세기에 이르러 700살이 넘도록 살아남았고 오히려 더 젊어지고 있다. 그 길의 산허리에 약초가 숨어 있는가. 저기 너풀거리는 그림자가 보인다. 그 길에 피어 있는 사람이다.

다가가 묻지 않으면 안 된다. "아마, 정형성 아닐까요?" 시조 창작의 비밀이면서도 비밀이 아닌 3장 6구 45자! 어떻게 그리 오래 비밀번호를 바꾸지 않고 사용할 수 있었지요? 45자라는 언어의 그물로 시적 주체의 시간적 변이를 재구성함으로써 미래의 시간이 만들어지는 관계의 미학. 그물 자체는 같을 지라도 그 굵기나 크기, 물고기를 잡아내는 방법, 시간…… 에 따라 건져 올린 작품(물고기)들은 조금씩 다르다고 그녀는 말한다.

우은숙 시인은 1998년 시조의 바다에 뛰어들어 『마른 꽃』(2001년)과 『물무늬를 읽다』(2012년)의 집을 지어냈다. 시간의 흐름에도 녹슬지 않는 그물로 건져 올린 물고기들이 지금까지 현대시조의 바다를 풍성하게 넓혀가고 있다. 3번째 시조집 『소리가 멈춰서다』를 통해 64수의 물고기들을 더 큰 바다에 날려 보내는 그녀는 물고기를 그물로 잡고 있다는 의식조차 없을 만큼 자연스럽다. 오히려 이번 시조집을 통해 보면 그녀의 그물은 점점 더 단순해지고 있다. 이번 시집에서 시적 자아인 그녀 자신은 현상세계 속에서 겪어낸 경험들을 언어라는 상징체계 속에 담아내는 과정에서 3장 6구의 오랜 네트워크를 창작 공정에 재가동시킴으로써 또 다른 의미의 풍성함을 끌어올렸다.

시조 미학은 인간을 중심에 두고 사유함으로써 초래된 근대의 폐해를 제어할 수 있는 탈근대적인 사고를 보여준다. 구조(형식)라는 틀을 통해 인간 개개인의 삶을 드러내는 시조는 주체에게 부여할 수 있는 자유의 극대치를 제한함으로써 타자로서의 자연이나 사회를 주체의 내면인 내용 속에 끌어들인다. 그러므로 자기 안에 갇혀 있지 않은 시조의 세계는 오랜 시간이 흘렀음에도 새롭기만 하다. 그녀 또한 정형이라는 반복성을 인정함으로써 차이의 미학을 펼쳐내고 시조의 형식미를 더욱 공고히 한다. 더구나 3번째 작품집에 이르러 정형성을 전면화한다. 그녀의 시조들은 사설시조나 엇시조를 찾아보기 어렵다. 어쩌면 이런 점이 그녀 작품의 성격을 특징지을 수 있지 않을까.

『마른 꽃』은 76수의 시조에서 63수가 연시조이고 13수는 단형시조다. 『물무늬를 읽다』는 70수 가운데 60수가 연시조며 10수가 단형시조다. 이번 3번째 시조집 『소리가 멈춰서다』에선 64수 중 34수가 연시조로 이루어지고 30수가 단형시조다. 언뜻 45자라는 언어의 그물을 던져 그녀가 꿈꾸는 세상은 언어 너머의 더 큰 세상은 아닐까. 3번째 시조집에서 그녀의 시조들은 긴장미, 균제미, 완결미, 절제미를 전면에 드러낸다. 너무 자연스러워진 45자의 그물은 이젠 몸의 일부가 되어 버린 듯 익숙한 틀을 통해 그녀는 집이라는 외형보다는 그 집 속에서 살아가는 이야기의 다양함을 담고자 한 건 아닐까.

이번 시조집은 4개의 마디를 갖고 전개된다. 꽃잎으로 불리어지는 시적 주체는 삶의 계단을 헛딛고(꽃잎이 계단을 헛딛다) 그 낮아진 세상의 어둠 끝에서 새로운 몸이 걸어 나온다(몸이 걸어 나오다). 순간마다 살아 있는 의식으로 만들어내는 삶이란 깨어 있는 시간이기에 아플 것이고 이런 아픔의 배면은 자신 외엔 누구도 모른다(아무도 모른다). 그렇기에 역설적으로 그녀는 흐르는 세상의 시계바퀴 속에서 그녀만의 소리를 만들어낼 수 있는 것이다. 세상의 소리가 멈추고 그녀는 자신만의 노래를 끌어올린다(소리가 멈춰서다). 여백과 더불어 즉각적으로 다가오는 그녀의 시조들은 눈으로 읽음과 동시에 그림이 그려지는 큰 그물(정형성)로 거두어냈기에 자연스럽게 다른 감각들과 이어져 그 속에서 무슨 소리가 들리고 매끈한 살갗이 만져질 것 같다. 질서를 수용함으로써 그 너머의 내용을 잡아내려는 노력, 그러므로 이번 작품집을 한 편의 영화를 보듯이 이미지의 전개를 통한 영상미로 읽어갈 수 있다. 이미지들이 흘러간 뒤 잔여물처럼 의미가 남는다. 그녀의 시들에서 이미지들을 이어붙이면 감독도 주인공도 그녀인 한 편의 영화가 만들어질 수 있을 것이다.

1. 꽃잎

삶이 꽤
악착같이 들러붙을 때가 있다

절박한
시간만이 내게로 올 때가 있다

퇴근길
쪼그라든 해가 등 뒤에 걸린 그때

―「붉은 시간」

　보고 느끼고 듣고…… 감각세계로 잡아낼 수 있는 현상
계에 우리는 살고 있다. 이 세계는 이미지계(상상계)로 불
려진다. 우리가 태어났을 때부터 보아왔고 만져왔던 세계
다. 아이가 처음으로 세상을 읽어내는 방식이다. 그러나
눈에 보이는 것들로만 세계가 이루어져 있다면 마냥 아이
로 살 수 있을 것이다. 공간을 관통하는 시간에 대한 이해
는 그리 쉬운 일이 아니다. 이것은 인간의 이해 그 위에
있다. 시간은 쉬지 않고 변화하며 인간은 이 앞에서 속수
무책이다. 시간마다 달라지는 이미지들을 잡아놓기 위해
약속이 필요했고 상징체계로 돌입할 때 이미지와는 다른

언어를 배우지 않으면 안 된다. 그녀가 단형시조를 표면
화한 이번 시조집을 통해 간결한 형식일수록 상징 언어
속에 이미지가 선명하게 드러난다는 것을 알 수 있다.

첫 번째 마디인 '꽃잎이 계단을 헛딛다'에서 그녀는 떼
어내고 싶은 어떤 삶에 대해 말한다. 누구나 그렇듯 그녀
도 그런 삶의 때를 만나야 했다. 삶은 도화지처럼 백색이
었다가 은색, 하늘색으로 바뀌니까. 회색이 되어 버린 시
간의 삶을 견디다 보면 그보다 더 감당하기 힘든 검은색
삶이 그녀를 찾아온다. 그러나 그것도 다 한때라는 것을
그녀는 알고 있다. 그녀는 삶 앞에서 시조라는 형식을 배
웠고 그 형식미 속에 이야기를 담아왔기에(살아왔기에)
엉킨 실타래가 언젠가 풀릴 것임을 알고 있다. 그녀는 하
루가 끝나는 길 위에서 그녀 자신처럼 쪼그라든 해를 만
난다. 그러나 그 모든 시간이 그녀에겐 붉다. 아직도 붉은
시간이기에 그녀는 여전히 꽃잎이며 꽃잎은 계단을 자꾸
헛딛는다.

> 발목이 휘청한다 세상도 휘청한다
> 헛디딘 틈새 뚫고 세상의 헛것 핀다
> 그 순간 민들레 꽃잎
> 제 몸을 낮춘다
>
> —「계단을 헛딛다」부분

발목이 휘청해서 세상이 휘청했는지, 세상이 휘청해서 발목이 휘청했는지 내 안도 밖도 휘청거리는 속에서 그녀는 헛것을 본다. 그러나 그녀의 형식미학은 흔들리는 세상 앞에서 쓰러지는 것이 아니라 스스로 작아지는 방법을 터득하게 했다. 그것도 민들레 꽃잎으로. 민들레는 쓰러질 것이 없기 때문이다. 그러나 민들레는 꽃이다. 낮은 곳에서 웃고 있지만 꽃은 꽃이다. 아무리 작은 꽃이라도 꽃은 붉다. 거친 생활의 파도에 부딪칠 때마다 민들레는 생각한다. 도대체 무슨 일이 일어났을까. 바람 때문이다. 바람이 민들레의 몸 속을 통과했기 때문이다. 헛것들은 홀씨처럼 바람에 날리고 그녀의 몸은 헛것을 어쩔 수 없이 받아들인다. 몸을 더 낮춰보자. 민들레보다 더 낮게⋯⋯ 너무 작아져서 시간의 솜털을 만질 수 있을 것 같다. 그렇게 그녀의 몸은 만들어진다. 낮고 작아진 몸으로 자신 안에서 눈뜬 그녀는 그러나 여전히 붉다.

2. 몸이 걸어 나오다

　손도 발도 다 녹고 목소리만 남았나 봐

목젖만 남겨놓고 몸 던지는 꽃잎처럼
혼자서 흘러왔다가 터져 버린 폭포처럼

울 수조차 없는 한을 안으로 삭히며
강 밑바닥 물청때 밀봉 풀고 건진 소리

잘 익은 막걸리 속엔 후렴구만 짙게 핀다
　　　　　　　　　　　　　　　　─「정선아리랑」

　정선은 그녀의 고향이다. 그녀 자신이라고 말해 볼 수
있는 상징어이기도 한 정선엔 고개가 있다. 삶의 아리랑
고개다. 아리랑은 시간의 고개 저 너머로 가버린 과거의
자신에게 손을 내밀 듯 힘겹게 살다 가버리는 삶을 노래
한다. 올라가야 하는 산꼭대기는 너무 높기에 긴 오름길
이 가파르기만 하다. 그때 눈물, 콧물 흘리면서 부르는 노
래가 아리랑이다. 삶을 거슬러 오르려고 손발로 노를 저
었지만 노는 다 녹아내리고 휩쓸려 버리고 목소리만 남아
아리랑 한 수를 고갯마루에 걸어놓는다. 꽃잎은 떨어져도
꽃잎을 받쳤던 꽃받침의 목젖은 남아 후렴구를 짙게 흥얼
거린다. 혼자서 흘러왔기에 터져 버린 폭포수처럼 아무도
없고 서럽기만 하다. 강 밑바닥에 채울 수 없는 구멍이 나
있기 때문이다. 그러기에 누구의 노래인지도 모를 노래가

남아 한잔 막걸리 속에 피어난다.

   시조의 정형성은 내용의 풍부함 외에도 이미지의 선명함을 특장으로 내세운다. 시조는 의미와 이미지의 두 개의 미학 사이에서 균형을 유지한다. 단순한 언어의 질서는 그만큼 현상세계에서의 형태미를 그대로 상징체계 안에 끌어들이는 것이 가능할 수 있다. 그녀가 포획한 감각들은 시각과 청각, 후각 등의 이미지들을 손상시키지 않으면서 시의 집에 명징한 색깔을 드리운다. '강 밑바닥 물 청때 밑봉 풀고 건진 소리'로 만들어진 몸이 그 깊은 바다의 시간에서 문득 걸어 나온다. 그녀는 오랜 시간 한을 삭힌 탓에 늙어버린 몸이지만 새로운 몸을 갖게 되었다. 이제 세상이 돌아가는 법칙을 거리를 두고 바라볼 수 있다. 그녀의 몸은 개미만큼 작아졌다가 후박나무가 되기도 한다. 그 모든 것들이 모여 지구의 힘이 된다.

     바람에 떨어진 후박나무 잎 사이로

     화려한 계절 안고 도망가는 개미 한 마리

     끝없는 지구의 힘 모아

     가을을 쏟아낸다

바람에 떨어지는 후박나무의 잎새는 자연의 법칙이다.
바라보면 모든 것들은 하나의 법칙 속에서 움직인다. 다
시 자신의 발밑으로 돌아가는 이치다. 그러나 그런 질서
를 몸으로 알아내기까지 많은 시간이 걸렸다. 더운 여름
의 끝자락에서 개미는 수직의 이치를 받아들이기가 쉽지
않다. 조금이라도 더 햇빛을 놓기 싫어서 화려한 계절을
안고 도망가는 개미를 바라보는 그녀는 홀연 지구 밖으로
날아간다. 바람이 불고 후박나무가 화사했던 시간을 떨구
고 개미사람은 지워질 기억의 축제를 간신히 끝낸다. 압
축된 계절의 나이테를 멀리 바라볼 줄 아는 수평의 시간
이 펼쳐진다. 자, 돌고 돌아라. 이 모든 것 다시 힘을 모으
고 모아진 힘은 가을은 쏟아내고 한 줄기 노래는 후박나
무 아래서 멈추지 않으리라.

3. 그때 사건이 일어났다

기억의 집합체가
생이라고 한다면

기억에서 사라진 나
있거나 혹 없거나

나 또한
가짜다
가짜

허울만
펄럭인다

— 「시뮬라크르」

    순간적으로 만들어졌다가 사라지는 사건 또는 자기동
일성이 없는 복제를 가리키는 철학 개념으로 시뮬라크르
simulacre는 들뢰즈Gilles Deleuze에서 확실한 정의를 찾아
볼 수 있다. 그는 우주라는 공간 속에서 일어나는 모든 사
건을 시뮬라크르로 규정하고 이를 사건의 존재론으로 설
명한다. 이는 단순한 복제물이 아니며 원본과 같아지려는
동일성의 개념이 아니라 이를 뛰어넘어 새롭게 자신을 만
들어가는 역동성과 자기정체성을 말한다. 그녀의 시조들
에 있어 가장 확실한 시조시학의 지향점을 엿볼 수 있는
「시뮬라크르」는 거대담론을 제시하기보다는 이미지, 감
각에 기초한 현재성의 철학을 표면화한다. 순간적인 것에

서 존재론을 찾아가는 그녀의 시적 인식은 바로 이상세계보다는 현실세계의 뿌리를 내리는 시조미학의 건강성을 살펴볼 수 있다. 시조는 형식을 수용하면서 이 형식 속에 형성된 인간 삶의 결정체를 바탕으로 하기 때문이다.

즉, 현대자유시가 어느 부분 주체 중심의 흐름으로 접어들면서 타자와 공유할 수 있는 분모를 포기했고 사적인 중얼거림의 차원으로 빠져 버린 단점을 시조가 보완할 수 있다. 일정한 구조로 이루어진 거대한 흐름의 미학이 바로 시뮬라크르에 적용될 수 있기 때문이다. 시간을 가진 흐름, 순간의 시들이 각각의 형태와 색깔을 가지고 출렁대는 거대한 바다. '나'라는 것 또한 가짜일 수 있지 않은가. 기껏 70년이나 사는 나라는 것을 중심에 둘 수 있겠는가. 나의 기억이 끊어진 후, 나의 생이 끝난 후 허울의 내가 사라진 후 이 세상에 남는 것은 무엇일까. 각각의 개인들이 서 있는 그 아래 인간이라는 보편성의 공통분모를 시조미학은 인정한다. 내가 사라진 그 자리에 지구는 여전히 태양의 주위를 돌고 태양은 은하계를 돌 것이다. 마치 거대한 바다처럼 그 위에 일어나는 파도라는 인간의 생은 순간 바다 위에서 새로운 파고를 만들어 낸다.

4. 소리를 만들다

투박한 채찍 아래

여러 번 목메었지

일력日曆이 내장된

책갈피 펼쳐 들고

부르르 급하게 몸을 떠는

오늘의 엔진 소리

—「시동 걸기」

    세계는 눈에 보이지 않는 질서로 이루어졌다는 미학을 인정하는 시조는 700여 년의 흐름 속에서 무수한 주체들의 물방울로 작품을 만들어냈다. 시간의 흐름이란 어찌 보면 잔혹한 채찍일 것이다. 어떤 누구도 그 채찍을 피할 수 없다. 섬세하고 투명한 개인의 내면에 비한다면 채찍으로 표상된 거대한 시간의 흐름 앞에서 그냥 목 메일 일만 남은 것일까. 끝없는 바다는 하나하나의 오늘이 이어져서 만들어진다. 오늘의 주인은 그러므로 스스로일 뿐이다. 시조 창작은 3장 6구 45자라는 질서의 바깥으로부터 자신의 내면으로 들어간다. 바깥에서 자신의 내면을 바라볼 때 무엇을 보게 될까. 그건 지나치게 자기중심적이지 않을 것이다. 바깥이라는 자연은 어쩌면 시조가 여백을 지니고 있다는 의미로 확대될 수 있지 않을까. 아직 뭐라고 씌어지지 않은 여백이 어떤 장르의 문학보다 많은 시조는 그 여백을 통해 타자를 불러들이는 공간성을 충분히 펼쳐 보인다.

주체는 시간 속에서 사라져가기에 투박한 채찍 아래 목멜 만한 삶을 살아왔지만 그건 세계라는 법칙 속에 움직이므로 시적 자아가 할 수 있는 일이란 오늘이 내장된 책갈피를 펼치는 일이다. 작품마다 글자 수가 조금 바뀌거나 변주된 내용 속에서 시조라는 거대한 흐름은 멈추지 않는다. 오늘이라는 중심점에서 물러나지 않기. 그녀 스스로 중심점에 서는 것이 중요하다. 시동을 걸 때 몸은 부르르 떨며 살아 있음을 말하고 또 하루의 마디를 이어 붙이는 오늘이 태어난다. 이렇게 세계의 오랜 시계가 돌아가고 오늘의 엔진을 돌리는 자는 내가 되어도 좋고 네가 될 수도 있다. 이처럼 시조는 개인의 산물이면서도 각자의 사건을 통한 공동체의 문학이기도 하다. 이것이 시조가 전체에 대한 관망으로써 열린 미학인 이유이다. 시동

을 걸고 달려가는 세계의 중심점에 내가 있기 위해 그녀
는 시조 쓰기를 멈출 수 없고 그녀의 이런 놀이의 즐거움
이 세상을 돌아가게 한다. 어디서 다시 떨리는 소리(노래)
가 들린다.

우은숙 시인

강원도 정선 출생. 경희대학교 대학원 박사과정 수료. 1998년 〈동아일보〉 신춘
문예 당선. 2001년 『마른꽃』(동학사) 출간. 2012년 『물무늬를 읽다』(시학) 출간.
2007년 제26회 중앙일보시조대상 신인상 수상. 2013년 수원문화재단 창작지원금
받음. 〈한국시조시인협회〉, 〈오늘의시조시인회의〉, 〈역류〉 동인. 현재 경희대학
교, 한국농수산대학교 강사. E-mail kangmulcc@hanmail.net

이 도서의 국립중앙도서관 출판시도서목록(CIP)은 e-CIP 홈페이지
(http://www.nl.go.kr/ecip)에서 이용하실 수 있습니다.
(CIP 제어번호 : CIP2013021397)

소리가 멈춰서다

2013년 10월 30일 초판 1쇄 인쇄
2013년 11월 8일 초판 1쇄 발행

지은이 | 우은숙
펴낸이 | 孫貞順
펴낸곳 | 도서출판 작가
　　　　서울 서대문구 북아현3동 1-1278 (우-120-866)
　　　　전화 | 365-8111~2　팩스 | 365-8110
　　　　이메일 | morebook@morebook.co.kr
　　　　홈페이지 | www.morebook.co.kr
　　　　등록번호 | 제13-630호(2000. 2. 9.)

편집 | 손희 김민정
디자인 | 오경은
영업 | 손원대
관리 | 이용승

ⓒ우은숙
ISBN 978-89-94815-35-0 (03810)

* 잘못된 책은 구입하신 서점에서 바꾸어 드립니다.
* 지은이와의 협의 하에 인지를 붙이지 않습니다.

* 이 책은 수원시와 수원문화재단의 문화예술발전기금을 지원받아 발간되었습니다.

값 9,000원